AF312601

LA PREMIÈRE DISPARITION
DE JÉROME BARDINI

Ce volume a été déposé
au Ministère de
l'Intérieur
en 1926

entre cette dalle et la lune. Bardini
se rappelait le jour où elle avait
été placé, dans une cérémonie qui
ressemblait moins à un enterrement
qu'à la pose d'une première pierre. Tout
l'édifice ce soir était construit. Bardini
admira ses murailles lumineuses, son
plafond infini. Autour de cette tombe,
plus aucun changement à apporter au
monde. Jamais Bardini ne l'avait

[signature] Jean Giraudoux

Fragment autographe du manuscrit
de Jean Giraudoux

LES CAHIERS NOUVEAUX

24

LA PREMIÈRE DISPARITION DE JÉRÔME BARDINI

PAR

JEAN GIRAUDOUX

AUX ÉDITIONS DU SAGITTAIRE

CHEZ SIMON KRA, 6, RUE BLANCHE, PARIS

Une voiture passa au grand trot. Bardini, qui dormait, ouvrit les yeux.

— C'est le courrier, pensa-t-il. Naturellement il va prendre le galop au pont.

Il entendit en effet le cheval changer de pas, galoper, s'arrêter soudain...

— Evidemment Barouzet lui a fait signe, pensa Bardini... Il veut lui vendre quelque gibier. Ce ne devait être que des cailles. Il repart déjà.

Un vent léger souffla. La girouette grinça.

— Elle grince. C'est un vent du Sud, pensa Bardini.

Il essayait en vain, dans il ne savait quel dernier recours, de trouver autour de ce réveil — de son dernier réveil dans cette maison, c'était bien décidé — un bruit, un signe inconnu, un appel qui atteignît en lui autre chose que des habitudes. Mais la fatalité ne cherchait pas, par le minimum de fantaisie, à retenir Jérôme Bardini dans sa vocation de receveur de l'enregistrement et de Bardini. L'angélus sonnait. Chaque coup de cloche oblitérait de séculaire cette heure qui passe pour neuve. Un rayon de soleil, le même, le même depuis des années, tout luisant de la banalité de la lumière du monde, chargé de poussières dont chacune était reconnaissable, traversa la persienne. Bardini se leva. Il eut le désir de se lever autrement que les autres matins, d'un geste différent. Il le crut. Un sentiment de découragement lui

révéla que c'était bien son pied gauche, comme toujours qui avait touché le premier le sol..... le sol, si l'on peut appeler ainsi une descente de lit où la trace de ce premier atterrissage quotidien était marquée aussi profondément que des pas d'ours dans une cage. Il ouvrit les volets. L'aube crut lui livrer la campagne. En fait, ce n'était pas la campagne, c'était une espèce de récitatif de motif immuable. La campagne n'attendait que le geste de Bardini pour réciter, et sans faute, ce monologue. La science qu'il avait de chaque arbre, de chaque champ, de chaque village donnait à la nature un caractère déclamatoire insupportable. Jamais cette satisfaction repue des choses ne l'avait atteint comme aujourd'hui. Pas une maison touchée par le soleil dont il ne connût le propriétaire. Pas un de ces propriétaires endormis dont il ne sût, puisqu'il

était agent des finances, non seulement ce que l'on pouvait tirer de lui en argent, mais aussi en sympathie, en humanité, en larmes. De sa fenêtre, il voyait tout le cirque de la Seine naissante. Fausse naissance, quotidienne comme un journal. Vrai cirque, fermé ce soir, après une dernière et brève représentation, à tout jamais !

— C'est pour aujourd'hui, pensa-t-il.

Mais sa pensée lui semblait tenir à hier, à avant-hier, au passé, à tout ce qu'il voyait là par la fenêtre. Lui aussi redisait un monologue. Le temps et l'espace s'accordent admirablement pour retenir l'homme qui s'évade. Il eut recours à la parole, la pensée étant soudoyée par eux.

— C'est pour aujourd'hui, dit-il, tout haut.

Il avait raison. Sa parole était certai-

12

nement ce qu'il avait le moins entendu de soi-même, le moins écouté aussi, ce qu'il sentait de plus indépendant de sa vie. Il parla encore, face à la campagne, pour ne pas réveiller sa femme.

— Tout cela est fini, fini !

Il s'était entraîné à la pensée de son évasion, de son assaut sur l'inconnu comme à celle d'un véritable assaut. Il s'était massé, soigné. Il avait évité tout rhume, toute égratignure. Il s'était rasé avec plus de précaution. Il ne voulait pas reparaître dans une nouvelle existence avec des tampons d'ouate ou du sparadrap apportés de l'ancienne. Il avait même fait quelques exercices de gymnastique. Sa femme s'en réjouissait. Elle lui avait souvent reproché de se laisser rouiller. Elle avait même voulu l'imiter. Mais voir cette femme s'entraîner pour répéter avec plus de force les mêmes gestes, dire avec

plus de santé les mêmes éternelles phrases, serrer d'une étreinte plus vigoureuse les mêmes éternels parents, cela l'avait peiné, et il avait cassé l'exercisor. Il avait voulu bien se nourrir ; peut-être que dans un avenir proche il allait avoir faim, soif ; il fallait prendre ses précautions. Mais Renée là encore l'avait imité. Pour cette vie à laquelle elle ne prévoyait pas de variantes et qui se suffisait du poulet et des pâtes, elle avait voulu prendre de la phosphatine, de la kola... Il avait cessé... Depuis vingt jours que sa décision de disparaître était prise, tout ce par quoi il s'entraînait à se séparer du passé, sa femme l'avait employé à s'y joindre. Jusqu'au bébé qui avait profité de ces nouvelles habitudes. Ce mimétisme confiant de Renée et de l'enfant dénaturait les gestes de Jérôme. Sa dissimulation n'était plus ainsi qu'hypocrisie. Il en

14

aurait pleuré. Même aventure en ce qui concernait son métier. Toute cette semaine, la mémoire de Bardini hésitait, distraite par la résolution prise ; il trouvait moins facilement les dossiers, écrivait moins bien les quittances. Sa signature se modifiait, présage heureux d'ailleurs pour qui veut changer de personnalité. Renée au contraire, qui remplaçait le premier commis en vacances, ne faisait plus aucune erreur, écrivait enfin, ce qui lui arrivait jadis uniquement pour les lettres du premier de l'an, d'une façon lisible. Tout le passé se cramponnait déjà à l'une des deux parts de ce couple, sans voir que sur l'autre il se desséchait. Bardini quitta la fenêtre, se retourna vers sa femme, la regarda. Elle s'était laissé glisser au milieu du lit abandonné par l'époux. Il la regarda longuement, ainsi qu'il avait regardé la campagne. Il

éprouvait la même peine, et la même satisfaction. Il avait tellement redouté qu'êtres et choses, ce matin fatidique, à ce dernier réveil, lui apparussent soudain dans une lumière fraîchement inventée, sous un aspect inusité. Pour la lumière il était fixé, rassuré. A trois cent mille kilomètres à la seconde, l'immuable aveuglait les regards de Bardini. Voilà qu'il l'était aussi pour Renée endormie, — on ne voyait pas les yeux, mais il en répondait, — pour Renée sans fard, mais ointe et maquillée de connu, dont le souffle imperceptible atteignait le tympan de Bardini plus durement qu'un ronflement sonore. Pas un jour de sa chemise, pas un pli de ses paupières, pas un feston de son sommeil qui fût nouveau. C'était à douter du tréfonds du sommeil, à douter de l'inconscience... Ce qu'il y avait malgré tout de plus neuf dans cette maison,

16

c'était encore ce qu'elle contenait de plus neuf par ordre chronologique, c'était l'enfant. Il le verrait tout à l'heure.

Il passa dans le cabinet de toilette, prit sa douche. Nu, il eut un sentiment de bonheur qui justifiait, lui sembla-t-il, sa conduite. Cette simple chemise de nuit, il s'en défit avec dégoût, il fut plus soulagé de l'avoir rejetée que de déposer, après un long combat, son armure. Fini le combat contre l'obscurité sue par cœur, les ténèbres hantées d'habitudes. Ah ! certes non, il n'emporterait aucun objet, aucun souvenir, aucun linge. Ainsi nu, il sentait déjà diminuer cette colonne d'airain qui pesait depuis des mois sur ses épaules. Sa chemise à terre, il jouit de cette naissance adulte. Il se frotta d'un savon acheté au hasard pour enlever de lui tout contact avec la veille, avec cette fougère dont Renée avait parfumé pour toujours,

par lotions et par pâtes, leur union ; il
frotta doublement ses mains qui avaient
tellement touché le passé. Il s'assit nu
sur une chaise, s'étendit nu sur le tapis,
essaya à vide sa liberté, se réjouit de
n'avoir aucun grain de beauté, aucun
tatouage. Puis, pour quelques heures,
il se rhabilla, négligeant de mettre son
gilet, comme les jours où il allait au bain.
Il était rassuré. Il avait eu l'appréhension
ce matin de trouver son corps lui-même
un objet trop familier, trop semblable,
d'en être las. Cela eût été fâcheux. Cela
lui eût donné à croire que son mal était
simplement de la neurasthénie, et non
point une ambition effrénée, l'ambition
de changer l'aiguillage même que le
destin avait donné à sa vie. Tout à l'heure,
quand il s'était vu dans la glace, rien ne
lui avait paru plus neuf, plus ambigu
même, que ces yeux dont il connaissait

18

chaque veinule, que ces dents, que ces
morceaux insensibles d'ivoire dont chacun était lié à lui par des souvenirs et des
souffrances. Il n'allait pas partir avec ce
compagnon veule et traître qu'emportent
les solitaires malades. Sa vie nouvelle
éclatait déjà sur lui dans le miroir. Quel
dommage que le miroir lui-même eût une
histoire... Juste celle de son mariage...
Il s'y était vu fiancé ; il s'y était regardé,
il s'était rasé devant lui, le lendemain de
ses noces. Le premier poil, la première
moisissure de sa vie de mari, il l'avait
coupé devant cette glace... Voilà, il cou-
pait la dernière..

Il passa dans son bureau, ouvrit là
aussi les volets, répandit là aussi la suprême journée à pleins flots sur les papiers,
la table. Il jouissait d'accomplir pour la
dernière fois ces actes quotidiens. Pour
la dernière fois à ses oreilles, le crochet

de la jalousie grinça. Le mot jalousie le fit sourire. Le mot jalousie allait sans doute changer de sens dans sa nouvelle existence. Ce calembour, ce mot qui se travestissait lui fut une promesse. Les servantes s'étaient absentées pour deux jours. Il regrettait d'abandonner Renée dans un moment où le personnel était ainsi défaillant, commis et bonnes ; les bourgeois en jugeraient deux fois plus sévèrement sa conduite, mais il était dispensé du moins de comédie suprême jusqu'à ce que sa femme fût levée. Il vivait dans cette maison comme un vagabond qui s'est introduit pour une heure dans une villa, avec une légèreté, une souplesse qu'il ne se soupçonnait pas, presque sans bruit. Il écrivit sa lettre de démission au directeur de Chaumont. Il signa. C'était la dernière fois qu'il signait son véritable nom ; il le calligraphia, lui enlevant presque,

20

malgré lui, l'aspect d'une signature. Un liseur d'écriture n'eût à l'examiner rien trouvé de personnel dans Jérôme Bardini. Il fut un peu honteux de ne pouvoir écrire à sa femme qu'une lettre banale. Tout ce qu'il avait habituellement d'émotion et d'invention paraissait avoir déjà émigré, et rejoint dans l'arbre creux près de la rivière les vêtements qu'il prendrait tout à l'heure et qu'il n'avait pas voulu amener à la maison, pour qu'ils ne puissent prendre à aucun degré le relent de sa vie ancienne. Il termina quelques travaux de bureau en retard, collationna pour la dernière fois de sa vie les Rôles de communes, numérota les Articles de comptes, pour la dernière fois fit sa caisse. Il fut surpris de constater que c'était ces travaux, auxquels parfois il attribuait sa révolte et sa déci-sion, qui justement lui paraissaient le moins insupportables. Puis le facteur

arriva : pour la dernière fois il recevait
le courrier de sa première vie.

Il y avait un nombre inhabituel de
lettres. Le sort semblait avoir eu vent des
intentions de Jérôme Bardini. Il se demanda
s'il allait les déchirer sans les lire. Il exa-
minait les enveloppes. Son cousin. Une
amie de sa mère. Son marchand de vins.
Une lettre aussi d'une écriture inconnue.
Quel pouvait bien être ce personnage maladroit qui tentait de pénétrer dans la vie de
Bardini juste le dernier jour? Après tout
il était plus loyal de lire, de n'abandonner qu'une vie bien tenue à jour.
Son cousin venait d'avoir un fils : la zone
d'existence que Bardini désertait assurait
son peuplement. L'amie de sa mère, veuve
d'un retraité, demandait un conseil pour
ses douze cents francs de rentes. Elle ne
connaissait que Bardini. Bardini seul pouvait la conseiller, disait-elle, lui éviter la

ruine. Il répondait à chaque lettre avant
d'avoir ouvert la suivante, en malade qui va
mourir. Il passa à la vieille amie le secret
de vingt ans d'études financières ; il pensa
à Lazare se relevant du tombeau pour
donner des tuyaux de bourse à une vieille
dame. Le marchand de vins, — ah ! il
faut vraiment croire à l'éternité pour
être marchand de vins, — lui conseillait
un Médoc excellent dans dix années, et,
— comme s'il se doutait du danger —
un vin de Sainte-Foy-la-Grande excellent
dès l'an prochain. Cela ne suffisait plus
pour retenir Bardini, et il prit la dernière
lettre. L'adresse était écrite par une femme,
le papier était un parchemin, la femme le
connaissait mal, il y avait un *t* à Bardini.
Il la palpa, essaya en vain de la déchirer
sans la lire, respira son parfum, vanillé.
Il se méfiait de ce message que la fortune
hypocritement et faussement habillait de

liberté et de mystère, peut-être pour le
retenir dans le non-mystère, dans le non-
libre... Il ouvrit... Une cousine de Renée, de l'île Maurice, Maud de Frazier,
qui venait pour la première fois en France,
arrivait à Troyes, et passerait déjeuner
avec elle et son mari le lendemain. Le
péril était en retard d'un jour. Bardini
respira...

Renée s'attardait dans son sommeil.
C'était bien d'elle. Elle dormirait ainsi
le matin de sa mort. Elle s'arrangeait
pour diminuer d'une heure au moins,
sur son horaire habituel, le dernier
jour passé avec ce mari qu'elle adorait.
L'enfant par contre s'agitait, d'une heure
en avance. Il criait. Il poussait ses der-
niers cris d'enfant non orphelin. Bardini
voulut le calmer, dans son désir de voir
se prolonger le sommeil de Renée, pour
la première fois le prit, pour la première

fois sentit sur ses mains les larmes de l'enfant. L'une d'elles coulait sur sa joue, bien gonflée, pure. L'enfant souriait à son père, ne bougeait plus. La larme semblait née non plus du désespoir, mais du calme. Elle était devenue comme tout chagrin d'enfant au bout d'une minute, un signe de bonheur. Elle tremblotait. Elle allait glisser. Ce n'était pas une larme à boire en 1937 ou en 1926 ou demain. Larme salée, acidulée, une larme de grande personne. Peut-être que tout ce qu'il aurait eu de cet enfant eût été ainsi amertume. Il se sentit lâche, non point devant le bonheur qu'il abandonnait, mais devant les malheurs qui pouvaient surgir de ce fils... C'est du malheur, Bardini le sentait, qu'on se sépare avec le plus de peine. L'enfant était nu. Au fond de ses yeux, les couleurs broyées par les générations de Bardini et de Fra-

4

zier s'étalaient, horizon familial libéré par les larmes de toute poussière ; le passé et l'avenir semblaient à un pas, à lire dans ces yeux clairs. La petite main avait le geste familier aux mains des Bardini, l'index et le pouce ouverts, les autres doigts fermés ; on avait toutes les peines du monde à faire croiser les mains aux Bardini décédés. Des ressemblances familiales balafraient à chaque mouvement le visage, et jusqu'à ces hanches, qu'il n'avait pourtant vues nues sur aucun autre membre de la famille. L'incisive de face poussait et c'était déjà la réplique de l'incisive de Renée. Déjà, dans cette chair à peine formée poussaient, aux places sacrées des gencives, ces petits dolmens de longévité. L'enfant maniait comme une arme déjà familière le doux et tranquille regard de Renée. Il avait déjà les cheveux de Jérôme... Ainsi c'était là celui qui allait désormais, devant la

26

carence de son père, poursuivre sur la
terre le destin officiel des Bardini. C'était
à cet être encore sans paroles, mais dont
les cris avaient déjà l'accent de famille,
qu'il léguait tout ce dont il ne voulait
plus, ses anciennes richesses, ses anciens
penchants, et le portrait du colonel Bardini qu'aimait Bonaparte, et ce don des
Frazier pour la comédie de salon, et ce
goût des Lacoste, ancêtres maternels de
Bardini, pour la musique du XVIIIe siècle...
Fini Gluck... Fini Mozart... Finies les
flûtes enchantées, les Papagéno, les Papa-
géna, les missives écrites à deux voix, les
déclarations faites à huit cœurs..., excepté
pour cet être vagissant... Les consignes
à donner à cette sentinelle du devoir familial qui ne savait pas marcher? L'enfant
le regardait, encore incertain de ce qui
allait l'intéresser sur ce grand visage, d'un
regard encore incolore contre lequel Bar-

dini appuya son regard. Evidemment,
une autre solution de la vie lui apparaissait, encore étendue sur cette mousse
brune et verte des jeunes prunelles, comme
un frai sur des algues. Pourquoi voulait-il
faire de soi-même un fils, alors qu'il
avait celui-là? Pourquoi lancer contre le
bonheur, sous un faux nom, de faux ha-
bits, contre toutes les règles de la chevalerie,
dans une supercherie dont le sort d'ailleurs
ne daignerait peut-être pas s'apercevoir,
ce Bardini presque quadragénaire qui
n'avait pas réussi dans son premier tournoi,
alors qu'un autre était déjà là, tout prêt,
de chair pure, et qu'il eût été passionnant
de l'élever, de l'armer, de le sacrer. Peut-
être, si son père ne s'était pas spécialisé
dans les collections de tabatières et l'étude
des molécules du fer, aurait-il tiré meilleur profit de l'existence. En se précipitant
dans la vie du geste de Parsifal, mais sans

28

virginité, en se dirigeant vers les bons endroits du destin, avec l'expérience pour guide et non l'aventure, en offrant comme nouvelle à des printemps ignorants, à des villes ignorantes, sa jeunesse maintenant coriace, à des jeunes filles surprises sa passion pour toujours émoussée, il frustrait cet enfant dont la vue le convainquait d'hypocrisie vis-à-vis de lui-même. Car c'était là dans la maison malgré tout une nouveauté. Car tout de cet enfant chaque jour était neuf. La preuve, c'est que cela eût intéressé Bardini de partir avec lui : aucune aventure d'homme n'est rendue impossible ou n'est diminuée par un enfant d'un an en surcharge. Il eût fallu au fond que ce qu'il rêvait, dans ces moments de cruauté qui changent tout d'un coup la chair des êtres en un métal ingrat, arrivât : que Renée mourût. Il aimait Renée, il se sentait coupable de lui vou-

loir le moindre mal, mais il sentait son amour même augmenter de l'idée de cette mort. Le plus malheureux des êtres, David Copperfield, ah, qui pourra dire son bonheur ! Il avait passé des mois dans cette hantise, avant d'avoir l'idée de sa disparition, donnant avec angoisse Renée au voyage et au train comme à un accident inéluctable, ne séparant plus aucun des actes de Renée de ses pires conséquences, la baignade de la noyade, l'excursion de la chute, la visite au Creusot de la glissade dans la cuve de fonte en fusion. Dès qu'elle s'absentait, il attendait le télégramme... Mais l'enfant maintenant s'agitait, appelait. Dans son désir de ne pas retirer Renée du sommeil, mort journalière, mort éphémère, il s'occupa de lui, donna le biberon, pour la première fois, le changea. Bientôt fatigué de cet écart dans un domaine maternel, — non,

jamais il n'userait plus tard du travesti, —
il reporta l'enfant dans le berceau, essaya
doucement de lui fermer les yeux. En
vain : les paupières se relevaient lentement,
les prunelles le suivaient, et comme il se
retournait il vit aussi, qui le regardaient
avec surprise, mais tendrement, les yeux
vert et brun de Renée.

Quatre yeux qui vous regardent, c'est
beaucoup pour qui trouve déjà les arbres,
la maison elle-même trop clairvoyante.
Quatre yeux qui vous admirent, qui sont
pleins d'une reconnaissance infinie pour
vous parce que vous avez pour la première
fois, vous père, donné le sein à votre fils,
c'est beaucoup pour qui a la conscience
d'être traître et égoïste. Renée éclatait
de cette beauté qui la saisissait brusque-
ment dans toutes les périodes où le déclin
envahit jusqu'aux jeunes femmes, au
réveil, dans la fatigue, les départs, les ma-

laises. Il avait adoré autrefois cette inversion de la beauté chez Renée, seule femme dont l'amour vieillissait le visage, puis s'en était lassé. Il s'était lassé de ce visage toujours si beau le jour des grosses erreurs de caisse, du croup de l'enfant. Quelle beauté n'allait pas le prendre cet après-midi ! Tout l'été pour Renée allait être malaise, croup, nostalgie : pas de laideur possible d'ici l'automne ! Les deux grands yeux ne le quittaient pas, s'étonnant du menton déjà si bien rasé, des cheveux coupés courts et frais, trouvant un air de fiancé à Bardini. Elle se sentait belle. Elle savait que Bardini n'aimait pas ces réveils triomphants de sa beauté. Elle essayait d'en atténuer l'éclat par des pensées de malheur.

— Il me trompe sûrement, se forçait-elle à penser. Il m'aime moins. Il doit s'occuper de son fils quand je dors, et le

32

dédaigne quand je suis réveillée. Il doit m'embrasser quand je dors. Je ne suis sa femme qu'une fois par mois à peu près. Il a fait de la volupté une simple preuve physique de notre mariage. Il m'a même oubliée le mois dernier : je suis enceinte de quelque divorce, de quelque séparation...

Mais chacune de ces tristes pensées posait du rouge sur ses joues, avivait ses regards, affinait ses longues mains, lui donnait à tel point ce vernis de tentation qui recouvre les mauvaises femmes dans les conflits avec les saints, les ermites, les croisés, que Bardini était saisi de défiance. Il se demandait s'il allait être brusque, lui répondre durement, l'insulter, par pitié, pour lui rendre la séparation moins pénible. Mais l'idée que ce soir elle serait recouverte d'une attitude qu'il ne lui avait jamais vue, de tristesse, de

5

désespoir, lui donna de l'amour pour cette créature étendue qui était encore tout bonheur, et il lui obéit, il vint s'asseoir près d'elle.

Sur cette margelle d'une vérité qui n'était plus la sienne, au-dessus d'une nudité dont le charme ne l'atteignait plus qu'indirectement, par la vision qu'il avait de sa future femme ainsi étendue (et, car il ne limitait plus le nombre de ses futures existences, de sa future femme ainsi étendue le jour de sa seconde disparition), Bardini regardait Renée. La plus noble raison qu'il avait de partir n'était-ce pas de la laisser ainsi belle, ainsi jeune? L'âme de Renée était intacte, son corps l'était plus encore, le mariage semblait avoir seulement changé sa virginité de jeune fille en virginité d'épouse. Les élans, les sacrifices, le don de sa dot dans les malheurs qu'il avait eus, le don d'elle-

même dans le bonheur, ne provoquaient
en elle aucun geste, aucune animation,
à peine une douce chaleur. Ce matin,
toujours avec cette réserve infinie qui ne
lui avait jamais permis depuis ses fian-
çailles de saisir la première le bras de son
mari, de demander ou de provoquer un
baiser, elle attendait que Bardini lui prît
la main. Ces demi-inclinaisons de tête,
ces demi-glissements de la paupière, ce
quart de sourire, qui étaient chez elle
l'expression déchaînée de la volupté et de
l'amour, elle ne se les était permis qu'à
l'intérieur d'un édifice de tendresse construit tout entier par son mari. Elle attendait donc. Son mari allait partir pour
jamais dans quelques heures ; impassible
dans son élan, elle attendait qu'il se bais-
sât vers elle, elle ne rapprochait pas d'un
millimètre sa main. Son mari s'embar-
quait pour une nouvelle série de bonheurs,

de malheurs, de désastres ; s'en fût-elle
doutée, elle eût attendu qu'il la prît dans
ses bras. Lui, pénétré du parfum de Renée,
décidé à s'en laver l'après-midi par une
baignade, puisqu'un second bain deve-
nait indispensable, se sentait tenté de
s'étendre près d'elle, de prendre congé
d'elle comme le faisaient les croisés de
leurs épouses, avant cette croisade sans
croix vers l'inaccessible. Elle qui devinait
tout ce qu'il y avait d'inhabituel dans
cette attitude, ce remue-ménage, ce silence, elle, toujours soumise et reconnais-
sante, vers le corps de laquelle il n'avait
jamais, quand il l'avait désiré, par on ne
sait quelle merveilleuse habileté de Renée,
trouvé d'obstacles, comme les malaises
ou la proximité des domestiques, restait
souriante, avec aussi peu de mouvement
en elle qu'une femme déjà comblée.
Le tout commandé par un mélange de

36

doux défi, de dignité, de désir décent, de tous ces noms un peu provocants qui débutent par des dentales... Il s'agissait pourtant là, Renée, d'une séparation éternelle.

— A quoi penses-tu?

Il dit cela avec un peu de gêne. Renée savait très mal voir les faits précis, mal tirer les conclusions d'événements évidents, mais elle avait en elle de la divination. Au temps où Bardini, au lieu, comme aujourd'hui, d'approfondir sa vie n'avait voulu que l'élargir, et avait eu des flirts, des maîtresses, dans la conversation de Renée apparaissaient à point nommé les noms propres de ses aventures.

— A quoi penses-tu? Réponds-moi, Renée. Parlons.

Il avait dit ce prénom qu'il avait bien juré de ne plus prononcer. Il rougit.

— Mon prénom te fait mal, Jérôme? Parlons.

Elle se dressa, n'hésita plus à mouvoir ce corps, puisqu'il s'agissait de parole, elle sentait seulement sa bouche, sa langue un peu endormies dès que la parole était en jeu. Elle se pencha sur Bardini pour cette conversation, elle s'offrit, seins, et cou, et joues inclinées, pour cette discussion, donnant pour la parole ce corps qu'elle n'avait jamais approché d'une ligne pour l'amour.

— Tu t'ennuies ici, Jérôme! Pourquoi ne pas revenir à Paris? Bella est morte. Bellita ne revient jamais. Ne crois-tu pas que nous sommes faits plutôt pour Paris que pour la campagne, l'un et l'autre?

Il se leva, détourna la conversation, c'est-à-dire écarta ses mains, sa poitrine, sut se soustraire à cette pression de Renée qui était le poids de son raisonnement. Il parla de ce qu'il croyait déjà insensible en lui, de la maison, de l'en-

fant. Mais chaque phrase de Renée semblait supposer pour la vie entière de cet enfant la présence continuelle de Bardini. Elle le liait à sa future vaccination, à sa communion, à son mariage, comme si Bardini était son frère siamois. Lui, hypocrite, affecta une douleur au cœur, se plaignit. Renée, sentant confusément elle ne savait quelle menace autour d'eux, tentait d'en repousser l'occasion le plus loin possible, en parlant de leurs projets, du voyage de la Pentecôte à Nice, de la Bugatti qu'on devait acheter à Pâques. Etait-elle commandée? Elle eut peur quand elle apprit que non. Ah ! qu'elle eût été soulagée de voir Bardini tirer de sa poche les billets pour Nice. Et son veston de printemps? Pourquoi n'avoir pas écrit déjà au tailleur? Avait-il écrit ? Non. Elle se recoucha, désolée. Elle avait l'impression qu'un incendie éclatait

dans sa vie et que rien n'était assuré.

Il répondait à toutes ses questions par un geste d'indifférence, refusant de pénétrer dans cet avenir qu'ouvrait Renée de toutes ses forces, contraint de lui apprendre que le bois pour l'hiver n'était pas commandé, que la femme de chambre de Fontranges n'avait pas reçu mission de trouver pour eux une cuisinière. Cette absence de domestiques apparut soudain à Renée commeun gouffre, comme une coupure dangereuse dans la trame de leur vie. Lui se reprochait d'avoir été maladroit en n'entretenant pas jusqu'au dernier jour cette existence qu'il allait quitter. Renée demain allait trouver tous les souliers de son mari éculés, les cartouches de la chasse épuisées, les chiens avec des puces : toutes les preuves de la préméditation. Elle s'était levée pendant qu'il réfléchissait, les yeux perdus. Il avait laissé passer l'occa-

40

sion de voir une dernière fois les longues
jambes, les beaux genoux de Renée. D'un
regard que rien maintenant ne trompait,
elle voyait, sur la table de toilette, que les
lotions de Jérôme étaient presque épuisées, le tube de pâte pour les dents à son
terme, cette réserve de boutons pour faux-
cols qu'il entretenait plus jalousement
qu'un vivier, n'en recélait plus qu'un,
pauvre tibi qui servirait sans doute pour
le premier faux-col du petit Jacques.
Tous ces bocaux de luxe, — les réservoirs
maintenant de leur vie même, elle le
sentait —, ils étaient presque pleins sur sa
tablette, à peu près vides sur la sienne.
Le violet et l'ambre, couleurs de ses parfums, étincelaient au soleil, à ras le bord.
Le vert et le jaune, ses couleurs à lui,
étaient presque taris. Elle se peigna,
cherchant des yeux malgré elle dans les
tiroirs. Plus un seul savon anglais. Les

lames non repassées de rasoir Gilette
s'accumulaient. Le rasoir à manche
d'écaille qu'on devait aiguiser depuis
bientôt deux mois était encore là. Il était
rouillé, il semblait avoir sur toute la
lame la rouille du sang. Son eau de
Botot aussi s'épuisait. Tout le sang parfumé de la famille était atteint dans son
débit. Elle consulta le flacon d'eau de
Cologne comme un thermomètre. Il marquait le froid de la mort.

— J'écris ce matin à Houbigant, dit-
elle. Tu n'as plus rien. Tu ne vas pas
laisser pousser ta barbe, je pense ?

Il était presque aussi vexé qu'attristé
de sa maladresse. On pouvait être sûr
qu'il ne manquerait rien dans son prochain foyer, le jour de sa prochaine disparition, et en parfums, et en tendresse.
Cependant Renée, de cette démarche
mesurée et douce — son pas dans les

alarmes —, cherchait dans sa garde-robe, dans sa commode. Elle s'étonnait. Lui si méticuleux, qui s'emportait contre la femme de chambre pour la moindre déchirure, n'avait plus que des chemises usées, des mouchoirs percés. Les pantalons n'avaient pas reçu depuis des semaines leur coup de fer. Les chaussettes étaient en loques. Que signifiait cela? Toute cette enveloppe de son mari était aussi fripée que la carapace laissée par un homard après la mue. Elle avait l'impression d'avoir devant elle, — derrière elle plutôt, car Renée ne se retournait face aux êtres qu'après les avoir compris, et enquêtait dans les placards sans regarder Jérôme — un mari dont la peau, le cœur étaient à vif. Il avait le vestiaire de quelqu'un qui a fui, d'un exilé. On eût dit même que le coude du complet neuf avait été approché à dessein de quelque pierre ponce.

La jaquette, l'habit et le smoking seuls, tout noirs, semblaient protégés du désastre. Le Bardini des cérémonies allait-il subsister seul? Mais smoking, mais habit ne sont pas des costumes de sauvés ou de sauveteurs. La menace devinée par Renée se rapprochait. Jérôme devait être malade. Elle s'approcha de lui, il avait ses vêtements du matin en velours, elle les toucha, fut presque rassurée de trouver le velours résistant, de ne pas le sentir s'effilocher sous ses doigts en mousseline. Cher mari en velours. Cher velours non velouté, rapeux, dur comme une armure. En somme, il n'avait besoin que de deux costumes, un nouveau bleu, croisé, un gris d'été, droit. Elle allait écrire aussi ce matin au tailleur, avant toute chose. Il jugea inutile de protester. Cette revue des défroques de sa vie l'avait irrité. Comme il avait raison de partir nu !

44

Que de souvenirs liés aux baguettes rouges
des chaussettes bleues ! Et les mouchoirs,
qui mettent des initiales à toutes nos
sécrétions ! Il détourna Renée de son
inspection, lâchement :

— Maud est à Langres. Elle viendra
dîner demain. Elle a écrit.

Renée qui, les mains rapées par le
velours, sentait sur Jérôme l'odeur d'un
savon inconnu, l'odeur de l'inconnu, et
sur laquelle l'idée du pire des désastres
s'était posée comme sur toutes les femmes
sans transition, fut délivrée par ces paroles. Puisqu'on pouvait compter sur
demain, sur quoi ne pouvait-on pas
compter ! Hypocritement Jérôme, qui avait
eu le courage de ne pas mentir à propos
de la Pentecôte, de Pâques, accepta de
mentir pour demain. Il parla même du
menu. Il n'aurait pas eu la force de parler
d'ananas, de bananes, il consentit à parler

de vin, de brioche. Mais Renée, sous prétexte de jeu, poussée en fait par une terrible angoisse, l'avait soudain inondé de son liquide violet. Il se leva, furieux, et embaumé de violette, avec le parfum qui avait été celui de sa fiancée le soir de ses noces, sortit en claquant la porte.

A onze heures, Renée reparut, toute prête, des lettres à la main. Elle avait écrit à Houbigant, au tailleur, à *Old England* pour les tricots, à l'autre fournisseur pour les chaussettes, à toutes ces adresses que Jérôme lui avait imposées comme des textes sacrés, et qui étaient maintenant des étiquettes terribles de la vie de Bardini. Il voulut les prendre, assura qu'il allait les porter à bicyclette jusqu'à la gare. Elle refusa. Elle avait à faire à Nogent. Elle lui dit tendrement au revoir. Il admira l'ironie du sort qui, quelques heures avant sa fuite, la maquil-

lait en voyageuse et lui en gardien du foyer. Elle l'embrassa et disparut, elle aussi, disparut à bicyclette, si doucement, si naturellement, d'une pente si facile que Jérôme eut l'idée qu'il n'était vraiment qu'un maladroit et que c'était comme cela qu'il fallait partir pour toujours, avec cette suprême aisance...

Elle revint.

*
* *

Le déjeuner fut simple. Renée avait réservé pour Maud les champignons, les perdreaux. Il n'y eut que du jambon, même pas fumé, du macaroni et du gruyère. Jérôme d'habitude récriminait devant un pareil repas sans sauce, sans spécialité, sans goût. Aujourd'hui il en fut heureux. C'était pour lui une espèce de communion. On n'aime pas trouver

de goût au pain azyme. La bouteille de vin gris était presque à son terme. Il sentit le regard de Renée, descendit à la cave, et en ouvrit une autre. Il y toucha à peine. Qui boirait ce reste de vin? A quel homme de journée, à quel facteur, Renée, lassée de faire un souvenir de ce qui se boit et se mange, le donnerait-elle, désespérée?

— Quel est ce vin? demanda-t-elle.

Le mot Vouvray, le mot Seyssel l'eût réconfortée, le mot Meursault exaltée. C'était un vin sans nom et sans parfum que Jérôme utilisait justement pour le scieur de bois et le jardinier. Elle eut la même impression que ce matin devant les flacons vides. Les beaux réservoirs de la vie n'avaient plus de pression pour Jérôme. Il ne fuma pas. Il ne prit pas d'alcool. Elle eut pour mari tout le repas une espèce d'homme stérilisé sur lequel ne semblaient pas agir les annonces du lièvre à la royale

48

pour après-demain, si Maud restait, des truites pour vendredi. Elle les avait commandées ferme, même s'ils étaient seuls. Elle avait rassemblé d'un coup dans sa visite à Nogent, appelé au secours tout ce qui devait élever autour de la maison cette haie de bien-être, cette fumée de bonheur qu'un époux ne franchit pas, un époux difficile. Les lotions, les truffes, les vestons bleu croisés allaient dès demain affluer. Il y aurait aussi deux surprises. Quelles surprises? Tristes surprises en tout cas pour elle, qui les aurait oubliées le jour où elles arriveraient. Elle ne voulait pas les dire? Il essaya de deviner ce résidu insoluble, le seul, de sa vie avec Renée. Elle résista. Elle fut soulagée d'apprendre qu'il prenait du café. Elle proposa de le servir dans le jardin. C'était un beau jour d'automne. Toutes les bêtes du printemps, papillons, pinsons, hannetons, habitaient

7

cette saison dorée. Dos au soleil, Jérôme
et sa femme avaient devant eux les
champs ensoleillés. C'était la plus longue
période que la nature depuis longtemps eût passée sans gelée et sans
froid. Rarement dans cette province la
caresse donnée par le climat aux arbres,
aux oiseaux avait été aussi prolongée et
si douce. Ils pouvaient certes la croire
voulue, la croire consciente. Ils avaient
pour le soleil des coquetteries, des atten-
tions. Le café était bon, le plus réussi,
pensa-t-elle, qu'elle eût fait de sa vie.
Elle en fut heureuse et eut un geste qui
renversa sa tasse. C'était une des tasses
en porcelaine de la Compagnie des Indes
auxquelles Bardini tenait tant. Jadis, quand
il aimait Renée avec passion, il les lavait
lui-même. Depuis qu'il avait pour elle
une affection plus tranquille, il la forçait
à les laver elle-même. Mais il s'émut

à peine du malheur. Il se moqua de ses larmes, la consola. Pourquoi pleurer pour de la porcelaine cassée? Il ne savait pas qu'elle pleurait pour de l'airain, pour du fer cassé. Elle se sentait tranchée de lui, tout un de ses côtés était à vif. Elle voyait qu'était venue la période où il ferait laver les tasses par la domestique. Elle pensa à la mort de Jérôme. C'est comme cela que se suicident les raffinés : la veille ils ne bronchent pas si leur collection de timbres brûle ou leur Degas se crève. Elle constata soudain que la vieillesse, la sécheresse avaient gagné tout dans le jardin. Les plants d'hiver n'étaient pas semés. La salade était hors d'âge. Pas de réserve de joncs, de sarments. Dans l'allée où Jérôme autrefois se promenait chaque après-midi en fumant son cigare, du ga-zon. L'abandon s'installait autour de son mari comme autour d'une personne morte.

51

Non, ce n'était pas cela. Il ne s'agissait pas de mort. Ses cheveux, sa barbe, ses ongles étaient le contraire de ceux des morts, coupés ras, proprement, soigneusement. Ce mort en tout cas s'entretenait admirablement ; dans le fond de la fossette de son menton ne restait aucun poil, contre l'habitude. Il donnait une impression de vigueur, de jeunesse même, de sentiments jeunes surtout et actifs, tels qu'une certaine fourberie. Il semblait aussi changé, non de caractère, mais de nationalité. Elle ne comprenait pas encore. Elle chercha à l'intéresser, à sonder cette énigme.

— Ne restons pas ici, Jérôme. Nous sommes riches à nouveau. Tu n'as plus besoin de ce poste. Je comprends ton ennui. Moi-même, avant la naissance de Jacques, — je ne t'aimais pas moins, mais je n'y pouvais rien, — qui te dit que je n'ai pas voulu m'enfuir?

— T'enfuir?

— Oui, m'enfuir, disparaître.

Ainsi pour la seconde fois, dans la journée décisive, c'était l'épouse stable et fidèle qui avait à mimer la disparition, tout à l'heure avec la vraie bicyclette, maintenant avec ce faux aveu, devant l'époux au seuil du départ. Contre cet homme qui ne devait jamais plus lui sourire si elle avait mal à la tête, la soutenir si elle glissait, porter ses souliers si elle passait un gué, tenir sa main si elle avait un autre enfant, elle fit le suprême effort de présenter sa constance comme un serpent ondoyant... Tendre aspic !

— Toi, disparaître? Pourquoi?

Pauvre Renée, dans son improvisation elle se trompa du tout au tout !

— Je ne sais trop, dit-elle. J'avais des obsessions. Tout ce que je regardais, tout ce que j'éprouvais me semblait nouveau.

Jusqu'à mes ciseaux, mes brosses. Je n'avais plus aucune habitude...

— Je te semblais inconnu, nouveau?

— Tu me semblais neuf, Jérôme.

— Tu avais songé à partir?

— Oui. Un jour même j'avais fait mes malles. Mon nécessaire, mes robes, mes livres étaient déjà prêts. J'ai manqué prendre mon billet.

Un billet pour mourir ! Jérôme était déjà désintéressé de ce départ puéril avec bagages, de cette disparition avec décors. Comme M. de Fontranges arrivait pour sa visite quotidienne, il se leva.

— Eh là, Jérôme, dit Fontranges, tu disparais?

— Vous l'avez dit, seigneur, répondit Jérôme.

— Il oublie même son chapeau, dit Fontranges. Un de nos grands-oncles oublia ainsi son heaume, le jour où il partit

54

pour Constantinople, et il ne voulut jamais se casquer d'un autre pendant la croisade. De là ces coups de soleil au nez fréquents dans la famille.

— Jérôme ! cria Renée.

Elle agitait le chapeau de paille de son mari, qui ne se retournait pas. Le chapeau de paille était vieux, la coiffe craqua dans ses mains. Elle regarda alors sans mot dire cet homme qu'elle n'aurait plus, plus jamais, — la coiffe était à terre, — de raison de rappeler, et au virage du bureau de tabac, elle le vit, et son ombre presque en même temps, sans qu'il retournât la tête, sans qu'il s'arrêtât, — il entrait chaque jour pourtant dans cette maison acheter ses cigarettes, — oui, plus elle se rappelle et moins il y a d'autres mots à employer : disparaître !

*
* *

Bardini avait mûri depuis si longtemps son projet qu'il agit comme en hypnose. Sans chapeau, il était obligé de répondre par des sourires ou des signes aux épiciers, à la notairesse, au garde-champêtre qui le saluaient pour la dernière fois et il regrettait d'avoir à donner ce congé vraiment trop personnel à ces fantômes. Par le bourg, puis les champs, il gagna à six kilomètres la jeune courbe par laquelle la Seine répète presque à sa source la courbe de la Concorde, se déshabilla dans le pré déjà repéré, laissa ses vêtements sur la berge, comme il l'indiquait à sa femme dans la lettre pour qu'elle choisît à son gré de le faire passer pour disparu ou pour mort, et plongea. Il nagea avec délices. L'affaire ne serait pas si mauvaise, d'homme deve-

nir poisson. Tout ce qui avait pu rester
sur lui du parfum de Renée s'écoulait
déjà sur Paris, remplacé par l'odeur prise
au cœur des plateaux de Saint-Germain-
La-Feuille. Il s'amusa à contrarier le
courant ; il était agréable de refaire ses
premiers gestes dans un nouvel élément, il s'amusa à lui céder, à taquiner
la mort, mode de disparition peut-être
à cultiver. Il dut sortir de l'eau pour
venir prendre dans son portefeuille le
petit sac imperméable avec les deux mille
dollars qu'il emportait, dollars économisés
un à un depuis trois ans, comme pour un
cadeau de fête, — cadeau de sa seconde
vie. Ses vêtements étendus avaient de
loin sa forme ; il ne s'émut pas trop
devant cette dépouille, devant son faux
cadavre ; il se félicita d'en avoir fini
avec ces deux boutons à chaînettes offerts
par Fontranges, avec cette même épingle

8

de cravate offerte par Bellita. Veston et pantalon, qui n'auraient plus chaque jour comme forme l'être pour lequel ils avaient été faits, étaient avachis pour toujours. Il avait là le premier désespoir, la première dépravation que causerait son départ. Il toucha cette étoffe, il toucha ces boutonnières avec un peu de pitié comme il eût touché la peau, la bouche de Jérome mort. Il vit les places un peu usées, celles par lesquelles il avait un peu trop appuyé contre sa première vie. Il caressa son coude, si lustré, par lequel il avait pu, souvent, soutenir cette tête maintenant évadée. Mais on n'embrasse pas son cadavre privé de sa tête. Il replongea, le sac entre les dents, il aborda l'autre rive en naufragé qui fuit son radeau pour gagner l'île. Dans un de ces saules creux où les Parisiens en vacances croient que se logent les hiboux, il trouva les vêtements cachés

voilà huit jours et la petite valise en cuir
dur avec laquelle Wilson se promenait
à Paris. Il s'habilla. Malgré lui il avait pris
une allure d'Américain en franchissant
la Seine, à croire que c'était l'Océan...
Vraiment, c'est seulement en Américain
qu'on peut se promener incognito parmi
les hommes, et dans l'art, la musique, —
et même, il le constatait, parmi les arbres
Voilà enfin que sa personnalité de Bardini
n'apparaissait plus dans ses rapports avec
les pommiers, les pruniers ! Il n'eût pas
été devant des orangers de Marrakech
plus tendre, plus neuf ! Il les étreignit.
Une minute il fut, non comme s'il avait
changé, mais comme si les êtres qui l'en-
vironnaient s'étaient changés en arbres.
Pourquoi n'était-ce pas l'époque de la
floraison? Il eût aimé les fleurs de Renée,
les fleurs de Fontranges ! Il goûta leurs
fruits, fruits encore verts, fruits toujours

amers. Puis vint la seconde métamorphose, des animaux arrivèrent : les animaux les plus doux, des vaches, une ânesse, les femelles des animaux qui soufflèrent dans la crèche soufflèrent sur le nouveau Bardini, né d'une heure. La vache dont il caressa, l'ânesse dont il embrassa le museau ne se doutait pas qu'elle était au monde le seul être aimé par lui, le premier animal créé pour lui dans cette nouvelle création. Les idées qui n'étaient pas venues à Adam lui venaient, monter à califourchon sur la vache, bavarder avec l'ânesse. Une chèvre vint aussi, toute seule, fraîchement créée, se cabrant et coquettant autour de Bardini comme une figurante de revue lâchée à point par le régisseur. On sentait en réserve là-bas, pour l'acte sérieux, les taureaux, les baudets, les boucs. Animaux dont chacun lui offrait un métier nouveau, une vie nouvelle, un cadeau particulier

de liberté : vacher, valet, laboureur, laitier, tout cela il pouvait l'être. Charretier, cavalier, fugue de carrières qui le mena jusqu'au régiment, jusqu'à la guerre, liberté suprême... C'est ainsi d'ailleurs que s'engage à la légion étrangère celui-là qui se croit le plus libre... Mais déjà, dans ce baiser avec la terre qui prend les trois-quarts de leur journée, les bêtes broutaient, dédaigneuses de Bardini. Il s'étendit, coupa une baguette. laissa sans s'en douter une bouffée d'enfance l'emplir au lieu d'une bouffée de liberté, fit un sifflet d'écorce, voulut y graver ses initiales, se rappela qu'il n'en avait plus, se demanda lesquelles il allait désormais choisir, quel nom, quel prénom allait être le sien, et cette voluptueuse incertitude qu'il avait éprouvée à propos des métiers, il la ressentit soudain à propos des noms propres, à pro-

pos des pays. Ah ! non certes ! il ne quittait pas un foyer heureux, une femme jolie, un district riche, pour garder les qualités et défauts des Français, pour s'appeler Durand ou Brethon, pour être un spécimen de sagesse antique, défiance, avarice, et autres particularités de sa première nation. Enfin ! il allait pouvoir être à sa guise du pays où l'on est loyal, confiant, jeune, prodigue, avoir pour capitales ces villes, Vancouver, Christiania, qui avaient représenté pour lui le voyage, quand il confondait, — mais que n'avait-il pas confondu avec ce second mot ! — voyage et liberté. Du reste, il s'en moquait, il formait cette nation à lui tout seul... Un avion passa. Il sourit de ce symbole de la liberté qui allait sur un fil de fer invisible du camp de Romilly au camp de Langres. Il était un des seuls hommes qui ne prissent pas leur liberté dans des cages

62

de fer, comme les aviateurs, les inven-
teurs... Un martin-pêcheur passa... Il sourit en pensant à son itinéraire invariable,
à son âme d'oiseau remontée comme une
montre. Il se rappela, enfant, avoir chanté
à l'école un hymne à la liberté dans lequel
la liberté était la Suisse. Parlons-en des
Suisses, au pas gravé par l'habitude dans
les grès des Alpes, aux maisons de bois
fixées sur les sommets comme des arches
où Noé aurait continué à habiter, libérés
certes de Gessler, mais si peu libérés de
l'hiver, du protestantisme, de l'altitude !
Il se releva, s'étendit à nouveau. N'allait-il
bien profiter de la liberté qu'étendu ou
assis malade de liberté? Le soleil encore
haut détachait de lui une ombre plus
maigre, moins agrémentée que son ombre
habituelle. Soleil qui ne marquait plus
d'heure pour lui, qui tournait à vide pour
un être sans naissance et sans mort. Jamais il

n'avait reçu ainsi le crépuscule sans responsabilité, sans devoir. Pourvu seulement que tout ce qu'il avait congédié de sa vie ne reparût dans son sommeil, se vengeant justement sur cette part de sa journée qu'il avait à peu près autrefois maintenue libre par ses rêves! Il frémit à l'idée de rêver de l'enfant, des quittances, de la bouteille entamée. Il vit soudain la nuit comme un miroir du passé... Mais on marchait derrière lui. Le premier humain qu'il eût rencontré depuis sa disparition s'arrêtait à quelques mètres et le dévisageait : une femme.

Le sort s'était vraiment davantage mis en frais pour fournir à cet Adam sa première Eve que ne l'avait fait jadis le Créateur : cette femme était vêtue de linon rose à revers jonquille, avec bas de soie champagne brut, ombrelle bleue et blanche. Elle avait la beauté de ces femmes que les

64

lycéens s'imaginent les attendre, — non
à la sortie du lycée, — mais à la porte de
sortie de l'adolescence, les baccalauréats
obtenus pour elles, les classiques acquis
pour leurs caresses. Bardini, tout prêt
d'ailleurs à pénétrer dans un étage
inférieur ou supérieur de la vie, à
voir une fille d'aubergiste ou une reine
nue, restait étendu, relevant tout juste
la tête, comme si cette femme était
une visiteuse, et non une inconnue. Son
immobilité même créait un lien, suppo-
sait je ne sais quelle connivence entre
elle et lui. La rencontre était bien
fortuite, mais comme une rencontre de
théâtre, entre gens de revue. La femme
avait d'ailleurs une taille de théâtre,
commère de l'inconnu, un teint de lait
surprenant dans le grand air, des yeux
d'un bleu qui semblait fardé, et sur sa
bouche d'un rouge aigu mais naturel,

9

chaque parole était touchée par le sang.
C'était Indiana, à laquelle Fontranges
avait offert un séjour à la campagne dans
un de ses domaines, et qui regardait
Bardini du regard méfiant qu'elle posait
dans son enfance, près de la prison de
Melun, sur les évadés. Elle ne s'y trompait pas. Celui-là en était un. Elle connaissait ces complets encore rèches, trop
plats, parce qu'ils ont été, non repassés,
mais cachés sous des lits ou des piles de
bois, ces ongles trop courts, ces cheveux
vieux de la semaine, car on ne s'éva-
dait pas avec la tête rase mais la veille
du coiffeur, cette moustache d'un jour,
le jour passé dans le plafond des cabinets
ou dans une des marmites de la buan-
derie. Elle connaissait ce désœuvrement,
cette paresse dans l'herbe des hommes
habitués à dormir dans la paille. Il pouvait lui demander le chemin ; pour une

66

fois elle n'aurait pas à mentir, car elle ne savait ni le nom du village, ni la grande ville la plus proche, Charderet, croyait-elle, ni la province. Tout ce qu'elle pouvait dire, c'est que cette rivière était celle de Melun, la Seine. Qu'il se débrouille avec la Seine, comme les autres. Cette haine instinctive ne l'empêcha d'ailleurs pas de venir vers lui, de son pas naturel. Qu'elle fût dans un champ ou dans un bar, Indiana, sans hésitation, se dirigeait inconsciemment vers l'homme seul qui était là. Il n'y avait pas là amour pour les hommes, mais aimantation. Lui ne bougeait pas, presque déçu par cette aventure trop stylisée, sentant que le destin, quand il semble épouser de trop près vos désirs, est au contraire en train de les ridiculiser et de les détruire. Elle se tint debout une minute près de lui ; c'était la première fois qu'elle voyait ainsi de haut un homme. C'est de

cette hauteur qu'on voit les poissons dans la rivière, mais jamais Indiana n'eût supposé qu'un corps humain fût peuplé, et elle ne cherchait guère à deviner les pensées de Bardini. Elle s'assit près de lui, emplissant le champ de son parfum trop connu, d'un parfum d'esclavage, d'une espèce de trèfle bien peu semblable au trèfle du pré lui-même, — essence de trèfle à quatre feuilles, disait-elle, — et la première ombre qui sépara du soleil la tête de Bardini libre fut l'ombrelle d'Indiana. Elle se décida enfin à parler.

— Ça a été dur, de partir?

Elle posait ainsi cette question sans curiosité, de sa voix usée et brisée. Avec ces mots qu'elle paraissait plutôt réciter que trouver, ses yeux de poupée, elle excitait tous les désirs, impuissants à leur source, qu'excite un automate. Bardini était étonné de l'à-propos de la phrase

68

et en était froissé. On eût dit une de ces apparitions que les romanciers mondains logent au premier tournant du chemin pour les héros qui vont prendre une décision. C'en était stupide. Il ne répondit pas.

— Tu es Français... Tu sais parler?

Elle inclinait son ombrelle quand elle se penchait vers lui, rendant sa tête ensoleillée toutes les fois qu'elle attendait une réponse. Lui hésitait encore à prononcer le premier mot de sa nouvelle langue. Il était malgré tout sensible à ce tutoiement qui le plongeait pour son premier contact avec l'humanité au cœur de l'allégorie. Va pour le tutoiement. Va pour l'enfance...

— Ton numéro ? Indiana avait à Melun la manie de demander aux évadés leur numéro. Elle était arrivée à une loi des nombres de l'évasion. Les 21 s'étaient

évadés huit fois pendant son adolescence ;
c'était le record. Elle eût aimé que celui-là
eût son chiffre fatidique. C'était, car elle
n'avait pas beaucoup d'imagination, le
chiffre treize. Il lui portait bonheur et
malheur. C'est un treize qu'elle avait essayé
de se tuer au champ de courses pour
embêter Veil. Le jour où on lui avait
volé au vestiaire la loutre de Marcelle,
c'était aussi un treize, loutre assurée
trois fois son prix. On voyait mal d'ailleurs lequel de ces deux événements était
pour elle l'heureux et le malheureux.

— Et toi, dit Bardini, que fais-tu ici?

Elle attendait de repartir. Une huitaine
encore et elle aurait son mois plein. Aucune liberté à la campagne. Si à Paris, le
barman ne voulait pas de ses robes blanches, ici le fermier lui interdisait de sortir
avec les robes rouges à cause des bœufs.
Elle s'amusait à aller dans les étables,

70

dès qu'il avait le dos tourné, avec son sweater de cette couleur. Tous les yeux des vaches se tournaient vers elle, mais il y faisait une chaleur ainsi habillée! Le fermier avait des ordres, il l'empêchait de faire des cocktails, elle avait pourtant tout ce qu'il faut dans une valise. Elle se vengeait. Elle faisait priser le fils, qui avait douze ans. En voulait-il? Elle avait aussi de la morphine. Le gamin criait un peu au début, pour la piqûre. Maintenant cela allait. La mère lui soignait ça avec des quatre-fleurs. Il se promenait autour des ruches pour laisser croire que c'était les abeilles.

Le soleil se couchait, chauffant et dorant jusqu'aux cuisses les jambes d'Indiana, adossée à la pente. Le fermier lui ordonnait de porter des pantalons. Mais les abeilles s'étaient posées sur le genou même, attaquant au plus près le squelette,

l'une sur le mollet, encore sanglant.
Bardini était vexé de cette ironie du sort
qui lui offrait, au soir de sa liberté, les
suprêmes moyens d'évasion. Il y en avait
d'autres, s'il en croyait Indiana. Le gamin, qui était déluré, lui avait appris à
manger les joues des truites, à fumer des
barbes de maïs. C'était délicieux, et pas plus
dangereux que le reste. Il la conduisait
parfois à la promenade. Elle goûtait à toutes
les gommes, elle les suçait — infiniment
meilleur ! — à l'arbre même. La bella-
done ne méritait pas sa réputation, elle
en avait mangé et aucun résultat. Les
fausses oronges l'intéressaient davantage.
Un jour elle en avait rapporté sa pleine
robe, prétendant qu'elle s'y connaissait.
La fermière les avait jetées. Sa morphine ?
— Non, le gamin seulement, et aussi un
peu le chien, qui, lui, ne la supportait
pas, qui était aussitôt malade... Indiana

72

ne disait pas qu'on l'avait menacée, si elle continuait à se droguer, d'appeler le médecin. Elle redoutait peu les commissaires, les agents, mais à la vue d'un médecin serait rentrée sous terre, comme si il n'y avait à punir en ce monde que les attentats à la vie. On voulait la faire coudre. Elle ne savait pas. Elle savait juste un peu tatouer, mais n'avait pas de bonnes aiguilles. La tête du fermier quand, sur le dos et sur le ventre du fils, il aurait découvert le nom d'Indiana et quelques insultes à son adresse. Non, il n'était pas vrai qu'on puisse enlever un tatouage. Elle avait tout essayé pour celui-là... Qu'il regarde, il n'y avait personne dans la campagne à cette heure... Elle était tatouée au dragon...

Bardini avait regardé... Il n'était pas absolument satisfait de cette aventure, de cette fatalité de troisième ordre, de ce symbole périmé du serpent, qui mena-

çait dès le premier soir de gâter cette
nouvelle terre. Indiana était assise face
à lui, immobile comme on ne sait
quel piège. Cette impression de destin
implacable, qu'elle donnait aux concierges,
aux sergents de ville, aux habitués de
l'American Bar, et même aux Américains,
qui repartaient étonnés vers New-York
de s'être heurtés si durement à tant
de velours, il la ressentait péniblement.
La liberté? Mais qu'était donc cette liberté, qui le poussait à s'accoler pour
jamais à cette femme? Il s'était retourné;
le ventre contre le pré dur, il regardait de côté ce coussin à sa taille, ce
coussin d'une chair intermédiaire entre
la sienne et celle du néant, fait pour
être glissé entre la terre et lui. Elle avait
fermé son ombrelle. Tous deux avaient
une même couleur, celle des métaux en
fusion. Indiana regardait fixement le so-

leil, qu'elle n'avait vu jusqu'ici dans sa chute qu'hésitant entre la gauche et la droite de l'Arc de Triomphe, se donner à la Seine. C'était la seule fois où le soleil eût eu à rougir, à dorer, à tiédir la chair froide et blanche d'Indiana. Larve ceinte de linon rose, larve après tous désirable. Mais, impassible avec la nature comme avec tout être, la nature comme si eût été un homme, un habitué, elle déclinait ses politesses, ses invites comme celles d'un homme, déclinait d'un sourcil dédaigneux le miroitement sur la Seine comme une offre de miroir, le courant d'air du soir comme le courant du ventilateur, la Seine elle-même, tendre et bruyante, comme une copine d'humeur différente, et tout ce soir en somme, crépuscule et le reste, comme une consommation. Coucher avec la nature, c'est tout ce qu'elle pouvait faire. Si bien qu'elle

ne croisa pas les jambes, se prêtant au soleil, mais détournant de lui la tête comme de ses amants, gardant sa familiarité pour l'évadé, attendant volontiers de lui les pires questions. Car, terrible avec les suiveurs audacieux, elle n'éprouvait aucune pudeur avec les voleurs, les anciens pensionnaires de la maison centrale, les rôdeurs de profession, comme si la pauvreté, l'astuce, le crime, n'étaient pas des attributs de l'âme mais un sexe, son sexe. — Où elle couchait? Dans une chambre où le régisseur dormait autrefois. La cloison seule séparait de l'étable. Le gamin essayait le matin, pour ne pas la réveiller, de nourrir les vaches avec précaution, de leur apprendre à manger le foin doucement, muselait les génisses, les entravait. Mais rien à faire pour museler les coqs et le taureau. Si bien qu'elle se levait elle aussi pour aller caresser un petit

76

veau, le premier être qu'Indiana eût
caressé d'elle-même depuis, justement,
un autre petit veau, il y a quinze ans, dans
la ferme près de Melun. S'il y avait
dans quinze ans le petit veau de l'âge
mûr la tendresse d'Indiana se serait
exercée suffisamment en ce monde. — Si
elle se soignait? Le médecin lui avait
ordonné un régime. Elle prenait le soir
du lait bourru, à l'étable même. Le matin,
elle allait à l'abattoir, boire un verre de
sang du bœuf qu'on tuait... Le matin
sang... Le soir lait...

Une voix d'enfant s'éleva dans la nuit,
appelant Indiana.

— C'est le gamin qui me cherche, dit
Indiana. Tous les soirs il me croit perdue
ou noyée et me cherche près de la Seine.

La voix pure répétait le nom d'Indiana.
Pas d'écho. Le nom d'Indiana était réservé ce soir aux cordes vocales humaines,

interdit aux forêts, aux grottes. La bouche
de l'enfant le soir avait le privilège du nom
d'Indiana. Indiana se leva, et avec cette
indifférence si profonde qu'elle semblait
une certitude de revoir ceux qu'elle quittait, disparut dans la nuit dans la direction
opposée à celle de l'enfant.

Aucune voix n'appelait Bardini. Tout
le recueillement de la vallée, son silence
semblait justement être l'écho de cette
réserve. La nuit donnait plus nettement
encore à son départ une allure d'évasion,
il était à l'heure où les chiens, les garde-
chasse, aboient et tirent vers le passant
trop libre. Le mieux était d'aller prendre
le train à Nogent, en traversant par Fontranges, et en repassant derrière sa propre
maison, car par ici il tombait dans les

forêts de Champagne et ce n'était pas à
Robinson Crusoé qu'il entendait jouer.
Les étoiles étaient nées. Elles scintillaient.
On était obligé de constater, à leur fraî-
cheur, la jeunesse du monde. Il se sentait,
avec sa liberté, devant ce firmament, aussi
ridicule qu'un musicien devant la mer
avec son violon. Il connaissait mal le
ciel d'ailleurs ; outre l'infini, c'était aussi
l'inconnu qu'il voyait là ; aucune de ces
étoiles ne pouvait lui être un guide, et
l'ombre, et la solitude, et la liberté suprême, ne purent que le ramener dans le
chemin le plus connu de lui, dans l'or-
nière de sa vie. Il pénétra dans Fontranges
par les barrières blanches, poussant à un
galop nocturne les poulinières effrayées,
que leurs poulains endormis ne suivaient
pas ; et une fois dans l'enclos, le hasard
apporta sur sa route une série d'objets,
de paysages, d'êtres aussi dont un Bar-

dini plus habile eût esquivé de prendre congé, le dogue de Fontranges, qui ne le quitta plus, faisant aboyer en supplément tous les chiens ennemis non des hommes qui rôdent, mais des dogues, la chapelle de Silly où il s'était marié, la maison du chineur où Renée et lui allaient chercher des plats d'étain et des fixés. Les jours où le couple Bardini avait bonne santé, s'estimait, s'adorait, une nostalgie de plats d'étain doublée de passion pour les *ecce homo* peints sous verre le poussait vers ce vieux brocanteur, et tous deux revenaient heureux vers la maison, elle portant les étains, toute alourdie, lui, portant les fixés, tout léger, même différence de poids, même confiance que dans une grossesse de Renée. Le ruisseau franchi, il tomba même dans les souvenirs plus anciens, il venait là pêcher la truite. Un pigeon voyageur ne doit pas

80

se prendre dans ses cercles, ses vols d'enfance, Bardini coupa par le fourré, s'égara, aperçut enfin à travers les branches le ciel où était montée la lune. Il se hâtait, comme le forçat qui traverse les dernières lianes vers le soleil aveuglant... Soudain, sur la lisière même, il hésita... Le sort le mettait en face du tombeau de Bella... Voilà qu'il fallait prendre aussi congé des morts...

La lune était à son plein... Cet astre qui semble si souvent en France écorné, aminci par l'avarice et l'esprit économe, jamais Bardini ne l'avait vu, non seulement aussi rond, mais aussi bombé. La lune semblait vraiment pleine, sur le point de donner à la nuit la nouvelle jeune lune... Jamais aussi lumineuse... Tout le parc s'amusait à jouer, à dix heures du soir, le jeu de l'ombre et de l'éclat... Seule, au centre du tertre flanqué sur sa droite

du grand cormier, la dalle de marbre
blanc, entourée à distance de sa chaîne,
étincelait sans contraste. Pas un morceau
de nuit, pas une poussière même, tant
l'air était pur, entre cette dalle et la lune.
Bardini se rappelait le jour où elle avait
été placée, dans une cérémonie qui ressemblait moins à un enterrement qu'à la
pose d'une première pierre. Tout l'édifice ce soir était construit. Bardini admira
ses murailles lumineuses, son plafond
infini. Autour de cette tombe, plus aucun
changement à apporter au monde. Jamais
Bardini ne l'avait trouvé à ce point fini,
à ce point terminé. Plus rien à changer au
cri de la chouette, à ce mutisme des bois
que nul vent n'atteignait. L'évolution
mourait aux pieds froids de Bella. Le
langage de la nuit, le contour des collines
était à leur sommet classique. Les groupes
de bouleaux, les bosquets de hêtres, les

82

touffes de pins parsemés dans le parc, grâce à ce cercle qu'ils avaient pris depuis la mort de Bella, avaient atteint la perfection. On sentait à chaque élément sa densité suprême. Le fer de la chaîne était pesant, la terre opaque, l'air lumineux. Aucun bruit du monde qui parvînt là autrement que par l'écho. Mais on sentait aussi que, dans ces enfers, Bella était seule. La communauté éternelle avec les morts inconnus, la promiscuité éternelle avec les morts célèbres lui était épargnée. Longtemps Bardini resta là, arrêté dans son élan, les yeux fixés sur ce marbre, respirant à peine, comme on observe un spectacle fugitif ou un animal sauvage. Il espionnait ce calme infini en liberté, cette nuit qui, en prenant Bella, avait enfin repris sa virginité de nuit. Le marbre était imperceptiblement incliné, on devinait un coussin sous la tête de Bella. Avec son lourd

anneau, alliance de la mort, il semblait une dalle de trésor, de réservoir. La pression parfaite de ce calme sur le monde, de cette ombre, de cette clarté, venait de ce tertre. Voilà le vrai point d'où il fallait prendre le départ, de ce silence sans fièvre, de cette paix sans température. Bardini voulut s'avancer hors du fourré pour venir près de la tombe, pour lire ce nom de Bella, gravé en creux, presque toujours à cette heure comble de la première humidité nocturne. Toute la rosée de la Vallée se condensait à minuit en ce seul nom. Mais, comme il écartait le feuillage, de l'autre côté de la tombe une voix s'éleva :

— C'est toi, Richard ?

C'était Fontranges, adossé à l'arbre, dans cette station qui l'attachait par tous les temps, au cours de sa promenade du soir, à la tombe de Bella, et qui croyait

84

reconnaître un garde. Cette voix de vieil-
lard, cet appel féodal, calmèrent Bardini. Il préférait après tout à cette émoi
qu'il analysait mal un émoi Walter Scott.
Que toute opération de liberté est difficile, pensait-il seulement. Que de gens
bien postés, à tous les points où je peux
sauter le mur! Tolstoï, dans ce pré tout
à l'heure, avec cette fille. Walter Scott
maintenant, avec l'oncle qui pousse dans
la nuit le même défi, le même appel, le
même prénom que ses ancêtres à leur
adversaire félon. Que toute opération de
liberté peut être littéraire ! Vais-je avoir à
prendre congé du romantisme, du sym-
bolisme, du mallarméisme ! Je ne parle
même pas des animaux, tout à l'heure ce
dogue, maintenant cette chouette, qui m'as-
saillent par devant, comme un chien pour
ramener son bétail.

— C'est toi, Frédéric? cria Fontranges,

qui croyait cette fois reconnaître un bra-
connier.

— Oui, oui, c'est Frédéric, pensait
Bardini. C'est Barberousse et Cœur de
Lion. C'est tout ce que tu voudras.
C'est Jules et c'est Prosper. C'est Jean.
C'est John. C'est Iahn. C'est Eyrick !

— C'est toi, Jérôme?

Fontranges passa à la tête de la tombe,
vint jusqu'au fourré, chercha comme on
cherche le gibier démonté, celui que ce
dernier prénom avait atteint, ne put rien
voir. Bardini dût attendre une heure
encore. Il fallait bien une heure pour que
Fontranges, toujours lent, se décidât à
quitter, après des visites à peu près éga-
lement silencieuses, les vivants ou les
morts.

Quand Fontranges fut redescendu vers le
château, Bardini traversa le parc, déboucha
au haut du bourg, juste derrière sa maison.

86

C'était là le dernier obstacle. Il le prit de face. Il entra.

*
* *

Toutes ces bêtes qui ont disparu quand d'habitude l'évadé revient au foyer vivaient encore. Mais elles dormaient. Les serins, la tête cachée, décapités par le sommeil, les chats sur le rebord du buffet où leur ronronnement s'était subitement éteint, au heurt avec l'inconscience, les chiens sur le paillasson, tous haletaient, pris du mal qui repose. Le robinet de la cuisine était resté ouvert. Les animaux Bardini pour la première fois dormaient avec ce bruit consolateur de l'eau, de jardin oriental. Jérome supporta cette confrontation avec ces petits yeux fermés. Oiseaux et bêtes avaient leurs plumes et leur poil de nuit, plus lisses, plus brillants, plumes et

poils de rêve. Mais la maison, par contre, lui semblait avoir vieilli subitement. Ces carreaux disjoints dans le couloir, cette vitre raccommodée, cette serrure inutilisable depuis quatre ans, il les voyait. Sous sa main une chaise s'affaissa : tout croulait ici ; — ici et dans ce bas-monde d'ailleurs! Après un seul après-midi, il retrouvait sa demeure comme on retrouve après vingt ans la maison de son enfance, plus étroite, plus basse, moins enchantée. Il avança. Par la fenêtre, la lune l'éclairait d'un lourd fanal comme un scaphandrier dans le navire qui a sombré... Navire où étaient deux vivants...

Dans la salle à manger ce n'était pas seulement les animaux qui avaient survécu, mais une race plus éphémère encore, les fleurs. Toutes les roses que Renée avait cueillies hier, et les narcisses, et les héliotropes embaumaient du même parfum

que Bardini avait aspiré à son lever. Sur la cheminée ses portraits étaient encore là, son portrait en communiant, son portrait en soldat. Il se pencha sur eux sans cette fraternité qu'on ressent pour cet être qui a fait de nous un long intérim, — puisque tous les quatre ans la substance de notre corps totalement se renouvelle, — pour cet enfant qui avait communié pour lui, cet homme qui avait pour lui porté le sac complet, plaisanté avec la clef du champ de manœuvre, reçu pour lui une balle dans l'épaule. Il releva la tête, vit dans la glace son portrait en inconnu. Ce portrait-là aussi lui donna l'idée d'un intérim insupportable. Une mite volait, qui semblait échappée de cet homme nouveau. Il la tua.

Par la serrure de la chambre passait un rayon de lumière, une clef lumineuse immense, la clef de Renée... Il frappa.

89

— Entrez, dit Renée.

Elle était assise devant son bureau, en peignoir ; elle écrivait. La lettre par laquelle Bardini lui avait annoncé son départ éternel traînait sur la table. Renée avait tourné la tête. Elle regardait Bardini d'un regard dur, qu'il ne lui connaissait pas. Cette femme qui n'avait jamais été que tendresse, douceur, modestie, le dévisageait avec haine, et surtout, ce qui fut plus sensible encore à Jérôme, avec un mépris ironique pour sa défroque de forçat, — ne songeant même pas à cacher à cet être dont elle ne reconnaissait plus l'existence, elle qu'il n'avait pu voir nue que par ruse, ses jambes et sa gorge. Bardini était terriblement vexé de retrouver dans cette chambre, au lieu d'une victime de la fatalité, des grandes entreprises humaines, la victime d'une plaisanterie intolérable. Il la trouvait in-

juste. Les femmes ont vraiment le talent
pour enlever à un drame, à un supplice,
son aspect généreux, et vous le refléter
en acte déloyal. Le côté farce de l'évasion,
des pantalons de coutil, le vaudeville de
la valise Wilson, qu'il avait machina-
lement gardée à la main, l'indisposait
contre lui-même. Renée était dos à la
psyché. Tout ce que donnait la psyché
était encore de l'ancienne Renée, tout
le dos n'était encore que tendresse, que
réserve, la douce nuque, les épaules
rondes. Par-devant le mal était fait. L'être
docile et confiant que contenait Renée
s'était évadé en même temps que Bardini.
Il avança, d'un pas, incertain sur ses
propres sentiments. Il eût aimé une dernière nuit avec elle. Il eût aimé la ramener
par la volupté dans la tragédie, la faire
consentir par les caresses, — comme il
obtenait d'elle par un oui doucement

91

12.

arraché le consentement à ses moindres exigences, aux achats d'animaux surtout, qu'elle n'aimait pas, achat d'un nouveau chien, d'un cheval, étreintes qui avait peuplé la maison d'un seul enfant, mais de vingt bêtes affectueuses et même d'une biche, — la faire consentir à son départ. D'un geste elle lui ordonna de ne pas avancer, prit un crayon bleu, écrivit sur une feuille de papier, et lui montra de loin ces quelques mots, si lisibles, alors que d'habitude elle avait une écriture de chat, lisibles comme ses souhaits de bonne année.

— Va-t'en.

Il s'inclina et partit.

Ce cahier
dont le présent tirage
constitue l'édition originale
a été tiré à
1000 exemplaires,
dont 50 exemplaires sur Japon
numérotés de 1 à 50
et 950 exemplaires sur vélin de Rives
numérotés de 51 à 1000
sur les presses de
l'Imprimerie F. Paillart
à Abbeville (Somme).

Il a été tiré en plus, et exceptionnellement, 25 exemplaires sur papier de Hollande Van Gelder Zonen, numérotés de I à XXV, pour les Bibliophiles du Quai d'Orsay.